청어詩人選 447

이금자 시집

몸으로 계절을 쓰다

청어

축하의 글

'모든 예술은 영혼의 집을 짓는 일'이다.
이금자 시인의 두 번째 시집에서
그녀의 뜨거운 열정으로
시의 집을 짓고 있는 모습을
가까이서 들여다볼 수 있었다.
그녀는 시뿐만 아니라
그림에도 뛰어난 예술적 재능을
갖고 있다는 것을 감지할 수 있었다.
열망을 향한 그녀의 용광로 같은 열정!
참으로 아름다웠다.

때로는 강물의 윤슬을 끌어오기도 하고
때로는 지나는 바람을 가슴으로 불러들이기도 하면서
자연과 자신이 하나로 동화되어 나가고 있었다.
〈바슐라르〉는 '시인의 눈은
한 세계의 중심이고 한 세계의 태양'이라 말했다.

이금자 시인의 시의 세계가
더 큰 바다에 이르기를 바란다.

2024년 봄
홍금자 시인 (사)한국시인협회 상임위원

시인의 말

시인은 삶의 희로애락을
구성요소로 삼아
특별하게 도면을 그린다

시상과 시어로
구도를 짜고
한 편의 시를 구체화시켜
완성해 나가는 일
시인의 미학적 설계도

시 한 편 순산하려고
도면 앞에서
밤새도록 몸을 비트는
시인이 있다

시집으로 대중과 만나는 일
첫사랑처럼 잠 못 이루고
가슴 설레는 일이다
별들이 내려앉은 한밤중
고요히 생각에 잠겨본다

언제나 아낌없는 격려와 찬사로
멘토가 되어주시는 H 선생님
그리고 묵묵히 영원한 버팀목이
되어주는 가족
모두에게 머리 숙여
존경의 마음을 보내며
사랑의 마음을 전한다

2024년 5월
이금자

차례

1부 상실의 시대를 지나며

2부 내 마음의 풍경 하나

3부 목로 주점

4부 시간의 여백에서

1부

상실의 시대를
지나며

다시 태어난다면

다시 태어난다면
한 그루
나무이고 싶습니다

묵묵한 나무가 되어
누군가 지치고 힘들 때
편히 기댈 수 있는
그늘 넓은 나무가 되고 싶습니다

다시 태어난다면
구름이고 싶습니다
파란 하늘의 구름이 되어
누군가 우울하고 슬플 때
내 어깨에 기대어
평안한 꿈 꿀 수 있는
구름의 바다가 되고 싶습니다

다시 태어난다면
나는 별이 되고 싶습니다
밤하늘의 별이 되어
누군가 어두운 길을 헤맬 때
반짝이는 한 점의 빛나는
그윽한 별이 되고 싶습니다

너에 관하여

사랑아

전신에 퍼져있는
네 생각
부질없이 되풀이하다
까만 밤을
하얗게 지새운다

이적지 가져보지 못한
혼자만의 갈망
그리고 고뇌

내 아픈 사랑아

이 밤도
내 마음 온전히
너를 향해 바치나니

사랑아

너는
깊디깊은
내 영혼의 밭에
정박 되지 못한
한 척의 배

아직도
출렁이는
파랑에
일렁이나니

칠월

장마 끝 무렵
매미울음은 더욱 거세고
중년의 햇볕은
무섭도록 따갑다

여운으로 남긴
빗방울들 뜬금없이
쏟아지고 입 닫던
마스크가 거리에 나뒹군다

슬픔이나 절망이란 말도
이젠 친숙하게
저녁 식탁에 올려져
아무런 의미가 되지 못한다
더는 슬픔이 슬픔이 되지 못하는
코로나의 한가운데 서서

서서히 햇볕이
넌 몸을 세워
진초록 이파리처럼
생의 중심에
조용히 내려앉는다

해바라기

단 한 번뿐인 생애
그대 향한 갈망
그대 향한 동경

바라보면 볼수록
정갈하고 거룩한 그대는
너무나 높고 눈이 부시어
하릴없이 목을 떨구고

애타는 사랑에
목마른 그리움만
알알이 안으로
삭이고 삭이다가
까맣게 가슴이 타버린
사랑의 열병

그대가 아니면
누구도
결코 치유할 수 없는
해바라기 사랑

태안 신두리 해안

검푸른 물결 춤을 춘다
파도의 흰 포말이
밀물에 달려와
내 여린 발목을 때린다

비 갠 구름 사이
낮달이 걸려
말없이 내려다보고

백사장엔 터줏대감
괭이갈매기
하늘을 가르며 끼룩끼룩
이따금 갯벌엔 천진스런 아이들

띄엄띄엄 조개 줍는 순박한 사람들
세상의 넓이를
이따금 생각한다

태안 신두리 해안
여름 바닷가
저무는 노을빛에
물드는 생의 풍경

학교 가기 싫은 날

어릴 적
학교 가기 싫은 날

햇살 한창인 봄과
비 오는 여름날이 그랬고
낮은 햇살 속
꽁꽁 언 냇가를 건널 때
더욱 그랬다

그땐
세상에서 제일 듣기 싫은 말
'공부해라'
공부가 뭐 그리 대순가

그냥 꽃들이 좋았고
푸른 숲이 좋았고
새들의 소리가 좋았다

오늘도 그날처럼
온통 햇살 내린다

일상을 벗어나
어디론가 훌쩍
떠나야겠다

한 권의 시집을 품고

수암산 할머니

매년 이맘때면
수암산 자락에서
몸을 푼 산나물들

아파트 앞 좌판 위에서
봄결로 머리 감은
저 밑동 풀린
초봄의 아릿한 나물 맛
향내가 먼저
코끝에 닿는다

거북손같이
두툼한 손
인심도 후하다

멀미 앓은 가난 속에서도
웃음 잃지 않는
내 엄마 같은 할머니

오늘도
봄물보다 더 향기로운
미소가 환하다

사모곡

알았습니다

봄꽃 피는 날
가슴이 사랑을 재워도
또다시 저며 와
파도처럼 일렁인다는 것을

봄꽃 지는 날
바람에 떨어져
누운 꽃잎들의
고달픈 몸부림
이별의 언저리에 얹히는
설움이라는 것을

들리나요
봄밤에 내리는
나직한 빗소리
내 슬픈 눈물의
사모곡임을

몸으로 계절을 쓰다

서로의 공간이면서
누구의 차지도 아닌 숲
나 한 칸 물 한 칸
푸른 산이 점점 짙어가고 있다

천천히 걷다 보면
고요함 속의 울림
억새가 들려주는 바람소리
누구도 범접 못 할 나만의 세계

계절마다
다른 풍광
다른 몸짓
다른 빛깔
다른 언어

나 잠시 여기서
모든 것 내려놓고
자연이 내어주는 향기에 취해본다
해가 꺾이고 있는 오후에

마지막 생

고요로 둘러친 요양원
적막이 물 흐르듯 흐른다

지나는 시간 위에서
의미조차 모른 체
허공의 떠다니는 말, 말들
덧없는 삶 속에서
주어진 인간의 잉여

오래전 잊힌 목숨같이
살아있어도 없는 것 같은
허망한 생의 끝자락
진홍의 저녁노을처럼
바람이 알지 못하는 끝 길
삶 유한의 그 길 위에서
처절하게 살아질 뿐

목필화

비 잦아든
삼월의 끝자락
나무초리마다 얹힌
흰 꽃잎의 날갯짓
새들이 비상한다

시샘 많은
봄꽃들 제치고
의연히 하늘 우러르며
사흘 만에 지는
하얀 순교

사월의 고양이수염

경이롭습니다

팬데믹 세상인데도
아랑곳하지 않고
소외된 길목
가난한 골목마다
각양각색의 꽃숭어리
하나로 어우러져
성대한 향연 펼치는
햇살 가득한 봄날이

또다시 은혜로 초대받은
참 신비로운 계절

해살이고
남향받이에서
낮잠에 취한
고양이 한 마리
짧지 않은 수염
역시 경계 풀고
사월의 향기
다독이며 다독이며

생강나무꽃

나무마다 밀봉되었던
그리움 쌓인 그리움

화려하지 않은 의상으로
공원 모퉁이 노랗게 피었다

작은 꽃잎들
팬데믹의 세상
아랑곳하지 않고
남루한 노숙의 발걸음
생강 내음 얹어
슬픔 들키지 말라
일러 주며 피었다

오월의 시

한창 자란 햇살이
초록빛 대지마다
속속들이 잦아드는
신록의 계절

오월이 주는
찬란한 대지의 만물을
가슴 깊은 곳으로부터
감사로 받는 또 한 사람

입때껏 탯줄로 이어져
그리울 때마다
찾게 되는 이름이 있어

눈물 그렁그렁 담으며
엄마 잃은 목매지처럼
그 이름 가만히 불러 봅니다

상실의 시대를 지나며

첨단의 현대식 건물에
휘둘린 종로 뒷골목

오랜 역사 속 사람들
급속히 치솟는 도시화에
마른 잎사귀들처럼
가슴은 더욱 메말랐다

머잖아 전설이 될
원조할매 꽁보리밥 청국장
삶이 허기져
멀미 나는 사람끼리
얼굴 맞댄 설레는 영혼들
산나물 비빔밥에
정겨움 얹어 비벼가던
한 숟갈 한 숟갈의 추억 어린 맛

달큰하고 쌉싸래한
옛 맛 그대로
혀끝에 감겨 올 때쯤
고향의 봄내음 그리고
어머니의 그리움
어느새 고조곤히
내 곁에 와 있다

좋은 사람

봄 햇살같이
따뜻한 사람
방금 핀 꽃들같이
쌓인 그리운 사람

초록을 싹 틔우듯
촉촉한 선한 얼굴

인연의 매듭이
줄이어지는
이승의 삶

수억 년 떨어진
별에서 온 사람처럼
참 좋은 사람
그렇게 만나고 싶다

눈 내리는 날

눈 내리는 날은
어디론가 훌쩍 떠나고 싶다

바람에 흩뿌리는
눈꽃송이 온몸으로 맞으며
아무도 밟지 않은
눈 덮인 가로수길
가볍게 밟아도 보고

외진 차도를 씽씽 달리는
텅 빈 버스를 타도 좋다

음악이 얇게 흐르는
고즈넉한 카페에서
짙은 커피 향 곁에 두고
고요로 덮여가는 설경 속
하얀 사랑하나 품고 싶다

혼자 눈 내리는 날에는

2부

내 마음의 풍경 하나

내 마음의 풍경 하나

언제부턴가
길섶 키 작은 코스모스
바람 따라 흔들리며
고추잠자리 머리 위에 앉힌다

아버지의 땀으로 영근
황금빛 들녘
노을 묻은 구름

여름내 노닐던 시냇가
공중곡예 하던
은빛 물고기

싸리나무 울타리엔
해바라기 까만 씨 품 안고
노란 깃발로 흔들린다

망설이지 않고 떠오른 둥근 달
거기 식솔들의 따뜻한 온기
빛으로 비추고 있다

해마다 이맘이면
그리움으로 찾아드는
내 마음의 풍경 하나

는개 내리면

새벽부터
는개가 내립니다

가느다란 우산 살 받쳐 들고
가을 거리로 나섭니다

공허와 마주하고 앉은 카페
커피 향 내음 그리고
꿈결같이 밀려드는
저렇듯 끝없는 밀어

끝없이 침몰하는
기억의 파편들
우산을 빠트리고
다시 혼자가 되어
거리를 걸어봅니다

젤 수 없는 그리움의 시간
아직도 는개는 내려
어둠을 가르는 거리의
빈 간판들 내 머리 위에
추억처럼 무심히 내립니다

기도

오늘도
당신의 숨결로 하루를 엽니다

문틈 사이로
스며들고 있는
햇살 가슴으로 받으며
화분의 꽃들
몇 번의 계절을
보내며 생명으로 눈뜹니다

꼬리 흔들며
그림자처럼 따라다니는
예쁜 강아지

저마다 주어진
하루의 부피만큼
소소한 일상들

언제나 변함없는
당신의 사랑
당신의 은혜
당신께 올리는
감사의 이 저녁

생의 쉼표

영혼이
고단할 때
외로울 때
힘들 때
슬플 때

가장 먼저
바람처럼 스며오는
어떤 눈빛

묵묵한 침묵
더는 어쩌지 못하는
열망의 바다

지친 마음을
보듬어 안아주며

나보다
더 나를
사랑하는
그 사람
그 곁

강아지풀

봄부터 늦은 가을까지
지천으로 피어
강아지처럼
꼬리 흔드는 너

자꾸 눈길이 간다

들풀로 자라
아무 곳이나 자리 잡고
보송한 털 흔들며
추억 한 줌 건네는 너

가던 발걸음
늦추고 바라보다
다시 돌아서면

어느새 내 꽁무니 따라와
기척 하며 지난 숱한
유년을 놓고
지친 영혼을 달랜다

유월의 그리움

초록 비 내리는
가로수 숲길
가만가만 엿보면
연둣빛 빗방울
나뭇잎마다 뒹구는
빛의 반란

때로는
어느 거미줄에 매달려
찬란한 마지막 순교

고향 길섶에
무늬 져 내리던
그리운 유월의 풍경

무지개 꿈

맑은 하늘 아래
여우비 내린 다음
일곱 빛깔의 쌍무지개
색동다리 놓였다

무지개다
천연색 영화의
첫 장면처럼
떠오른 결 고운 하늘

어릴 적 꿈을 좇듯
무지개 따라가며
가슴 설레던
아름다운 미혹의 색채
그리고 남은 공허

다시 빈 하늘을 본다
꿈을 놓친 아픔 위에
긴 여운의 그림자

밤새 쓴 시 한 편 무지개

무지개가 뜨던

어느 날 오후

그리움이란

정지된 시각
내 깊은 상념 속에
조용히 타오르는
사랑의 불씨

잊으려 애써봐도
반복되는
그리움의 카덴차

아픈 사연 하나쯤

깜깜한 새벽
시작과 끝이 어렴풋해
버리고 싶은 것들
가시로 박혀
끝내 꺼내보지도 못하는
깊은 가슴앓이

세월의 지우개로
지우고 나면
말끔해지길 바랐지만
박제가 되어
결코 사라지지 않는
천형의 멍울

차라리
아픈 사연 하나쯤
고래 울음처럼 품고 산다

고향 가는 길

산굽이 물길 따라
강원도 철원 사백 리 길

가을이 내려앉은
고향 들녘
무서리 내릴 때쯤이면
찬바람만 휘몰아친다

거기 낮은 지붕마다
이마를 맞대고 뿜어 오르던
하얀 굴뚝 연기

지금도 여울져 흐르는
내 혈육들의 피돌기
따뜻하다
꼭꼭 집어 또렷한
고향 그리움 자리

일출
-정동진에서

어둠의 침묵을
걷어 올리고
바다 위로 머리 내밀어
아침이 오는 시간

세상의 하루를 깨워가는
바닷바람 소리에
파도를 일으켜 세우고
하루의 부피로 묵묵히
내 삶의 기꺼움이 되는 시간

질경이

어쩌다
바라본 잡초 하나
눈에 어리다

제아무리 밟고 밟히어도
잎처럼 마음이 넓어
상처를 모르고
절대 죽지 않는 생명력

누구도 원치 않는 푸서리 땅
논두렁 밭두렁 길가에 피어
때론 먹거리가 되고
때론 약이 되어주는
산야초 차전자피

여름이 한창인 팔월
쇠약한 질경이 머리 위에
햇볕이 뜨겁다

어쩐지
억척스럽고 고단한
내 삶과 닮아
애처로이 눈길이 가는
옛 이름 길경이

2023년의 여름휴가

뙤약볕이 수직으로
내리꽂는 팔월

매미는 나무에
바짝 달라붙어
목청껏 울다
그치기를 반복하고
나는 소파에 바짝 기대어
나비잠 자다
깨기를 반복한다

이런 날은
소나기라도
손님처럼 한차례
다녀가면 좋으련만

집집마다 열어젖힌
베란다 틈새로 들리는
목쉰 실외기 소리

하릴없이
백수가 된 나는
어설픈 시만 신랄하게
써대고 있다

남양성모성지순례에서

주님을 사랑하라
그 거룩한 말보다
더욱 진하게
더 가까이
내 영혼의 다가드는
피의 말씀
여섯 글자

서로 사랑하라

내가 너희를 사랑한 것 같이
너희도 서로 사랑하라

윤슬

별빛 달빛 바람이
물결을 만나
은빛 금빛으로
빚어내는
보석보다
더 영롱한
빛의 찬란함

은 조각처럼 반짝이는
잔물결의 파동
어지러이 빠져든
내 영혼의 황홀경

그리고 거기
물비늘 따라
서서히 일렁이는
허기진 그리움 하나

더 가까이 내게로

해살대던 찬바람
우수로 잦아든다

머지않아
산과 들녘은
눈 비비며
기지개 켜고
여봐란듯이 생동하며
여민 속살 보여주겠다

네 오는 길
긴 기다림에
맨발로 달려가고 싶지만
마음 다잡기로 했다

네가 가까이
더 가까이 내게로
속살대며
말 걸어올 때까지

새해의 시

또다시 새해 새날이다

한 해가 가고 오는
세월의 전환점

저만치 달려오는
새해 새날이
제어할 수 없는
시간의 흐름으로 무겁다

세상의 어떤 힘으로도
막아낼 수 없는
불가항력
시간의 진행형

새날의 햇살
눈이 부신
새해 아침

봄의 등고선

삭정이 가지에
새순이 얼굴 내밀 날
머지않았다

겨우내 갇혔던 삶들
우수로 풀리면
대지마다 기지개를 켜고
생명이 움트는 소리 들린다

봄은 분명코
순순히 오지 않는다
오는 길목마다
심술궂은
진눈깨비 뿌리다
봄 문턱에 와서도
자기 몸을 열지 못하며
한사코 꽃샘추위 날린다

끝내 자신을 비워내는
저 봄의 환희
오래 간직하고픈
봄의 전령
봄의 등고선 위에서 맞는다

이순의 나이가 되어

말랑한 순한 귀
어디에 숨었을까

아직도 혈기가
왕성한 탓일까

그게 아니면
졸렬한 마음 탓일까

매사에 승냥이 같은
이빨을 지녀
날 선 말귀만 들린다

언제쯤이면
망치질 없이
이순을 맞을 수 있을까

3부

목로 주점

팔월 풍경

오랜만의 도시는
늦잠을 잔다

모두 산과 바다로 떠나버린
텅 빈 거리

수직으로
내리꽂는 뙤약볕 도로
자동차만 간간이 정적을 울린다

더위에 시든 풀과 나무
그리고 지친 꽃들
숨소리조차 버겁다

팔월이면
찜통더위 속에서
목쉰 에어컨만 돌려댄다

2020. 팔월 코로나19에 갇힌
도시 속에 풍경
시들지 않는 추억을 위해
꽃 한 송이 혼자 피고 지며
베란다에서 땀을 흘리고 있다

목로주점

누군가 여기
함께이면 좋겠다

이미 지나간 사람들
목소리가 그리운 여기
한 잔의 술잔에
찰랑이는 시 한 편

오늘 여기
함께이면 좋겠다

낯선 이방인이라도
술 향내 세상사
노래가 되는
그런 날이면 좋겠다

빗물이
슬픔처럼 내리는 여기
시골 마을 어귀
어느 목로주점에서

비 오는 거리

목이 터져라
울어대던 매미
장맛비 소리에 놀라
어디론가 숨어 버렸다

한때는 정의를 외치며
촛불이 물결 일던
안산문화광장
침묵으로 잠이 들었다

무음의 세상
풀잎을 적시며
초록 비가 내리는 거리
발아래서 터지는 물방울들

골목마다 울리던
채소 트럭 확성기조차
목쉰 채 비 오는 길을
천천히 돌아가고 있다

사랑이란

사랑은
애타는 그리움

그리고 기다림

사랑은

늘 일렁이는 물결
그리고 파도

동짓날

동지 팥죽 한 그릇에
동동 떠 있는
혈육들의 그리움

추운 겨울밤이면
서로의 품과
머리를 맞대고
뼈 마디마디
붙들어 주던
내 어릴 적 동짓날

남은 팥죽
아침이면
저마다 금을 대고
줄 따라 속살대던
슬픔의 일상

동짓날 뿌려 놓은
어머니의 기원이
지금도 마음 한편
불순의 유혹
닦아내고 있다

무당거미

말하지 마라
절대적 삶이라고

저기 저 보이지 않는
먹이 그물

수직으로
겹겹이 쳐 놓고 기다리는
한 삶의 참선
무당거미를 보라

누구도
삶이 순탄하다
말하지 마라

때론 죽은 듯이 위장하고
긴 침묵으로
기다려야 하는
슬픔의 두께
여름밤이 짙어가는 시간

무당거미 한 마리
헛간에 줄 치듯
오늘도 세상
허름한 곳 찾아
거미줄 치는 아버지

안산 문화광장

시간이 흘렀다
노란 리본으로 물결치고
군중의 함성 떼창이 되었던
안산 문화광장

그 슬프고도
가슴 저미던 곳

이제 광장 갓길은
형형색색의 트리로 치장했고
차들은 여전히 도로 위를 달린다

슬픔을 딛고 선
참 견고한 그 자리

그날에 시간은 멈춰
절망과 아픔 박제가 되어
문화광장은 지금
한 폭 깃발로 손 흔들고 있다

가을 편지

가을 바다
먼 백사장엔
끓어도 끓어도 넘치지 않는
파도가 절망이다

더 이상 돌아갈 수 없는
파도처럼
지나온 그리움들
날마다 그 흔적을
지워가고 있다

내 마음 맞닿은
호수 같은 하늘가에
잊혀간 이름들
가만히 불러가며
이 가을 눈망울 그렁거리며
가을 편지를 쓴다

어머니 장터 가는 날

고향이 불렀다
철책선 핏줄처럼 이어진
군사지역 강원도 철원

비무장지대 민통선 거기
오랜 세월 철통같은 경계선에도
두루미는 자유롭게 하늘을 날고
굽이굽이 시냇물이
시간을 뛰어넘어 흐르는
두멧골

어머니는 봄이 되면
와수리 오일장에
쑥쑥 자란 고사리며 취나물 뜯어
머리에 이고
흙먼지 풀풀 날리는 비포장도로
이십 리 길을 혼자 걸어서 간다

빈집에 혼자 봄 햇살이
빗살로 내리쬐고 있는
초가집 툇마루엔
유난히 눈이 크고
옥수수처럼 비쩍 마른
다섯 살배기
목마른 아이 하나 지키고 있다

해 떨어진 저녁이
익을 무렵에서야
잰걸음으로 돌아온
대문 밖 어머니 숨찬 걸음 소리

가난한 피붙이들 위해
천둥 같은 대포 소리도
무섭지 않던 어머니
장터 가는 날의 풍경

사랑은

시린 바람에도
목 내미는
저 야생화처럼
다독이며 다독이며
애써 눈 맞추는
꺼지지 않는 목마름

그리고
가슴 한 켠
겹겹이 쌓이는 공허
그 한 가운데
파고드는 그리움

사랑은 침묵 속 빛
그리고
영원한 지병

보고 싶다

이보다 애틋한
사랑의 말 있을까

이보다 짙은
그리움의 말 있을까

아직도 너와 나
꿈길 그 먼 곳에서

그리고 세월 한복판에서
시시로 일렁이는
내 마음이여

한가위

나이 듦인가
한가위 코앞에 다가와도
별 감흥이 없네

잘 보내라는 인사
영락없이 서로 뜸하고

이제 내달려 갈
정든 고향집도
마음 실어 찾아오는
발길도 없네

그저 휘영청 저 달만
변함없이 날
애처로이 비출 뿐

임종(臨終)

긴 병마 수발 끝에
자식 모두 만장일치로
연명치료 거부 동의서

그리고 새벽녘 운명하셨다는
예견된 비보

선부른 판단에 의한
어리석음인가
죄의식인가

마지막 종신마저
저버렸다는 한숨이
구만 구천 두

어머니 기일이면
알 수 없는 번뇌
슬픔이 비끼는 하루

눈을 맞으며

소리가 없다
새벽녘 내리는 첫눈

하얀 눈발에 실려
세상은 고요 속에 잠기고
억척같이 사나운 것들
잠시 침묵에 잠긴다

심장의 박동 소리가
세차게 들린다
첫눈의 사랑도
그리고 그리움도
하얗게 수줍던 그때도
눈 속을 헤치며
멀리서부터 달려오고 있다

눈 오는 날에만 오직 만날 수 있는
내 영혼의 노래

삶은 스스로 비워가는 것

무심코 바라본 얼굴
옅은 주름
하나둘씩 늘더니
어릴 적 반백의 어머니 모습
나도 어느새
반백이 되었다

노을 저무는
억새밭 흔들어대는 바람
어둠 깊어지듯
덧없는 세월
날마다 조금씩 덜어내며
가벼워지기 연습 중
결국 나를 비워가는 것

삼월 비

삼월에 내리는
비는 단맛

표피 마른 나뭇가지
촉촉이 적셔
아슬한 우듬지까지
물먹은 연두잎

겨우내 메말랐던 마음조차
봄이 길목에서
삼월을 맞듯

나 또한 지나는
한 생의 어디쯤에서
놓친 따뜻한 온기
찾을 수 있을까

열등감

평형을 잃은 저울처럼
한쪽으로만 자꾸 몸을 기대는
목 짧은 어릿광대

누구도 주지도 않은 상처
넓이와 깊이를 재가며
때론 심술궂게
어깃장 부리다
절로 사그라드는
창백한 빈곤의
무늬가 깊다

삶의 걸음에는

소중한 것들이 떠난 후
가득 눈물 머금은
후회를 보았다

세상을 등진 친구의 부재로
나 자신이 얼마나 각박했었는지
부모님이 돌아올 수 없는
강을 건넌 뒤에야
웅어리진 삶의 슬픔을 알았다

생의 허한 벌판에 서서야
부질없는 허욕에 매달려
한 생의 끈이
허망한 꿈임을 알았다

이제야 알았다
그 모든 삶의 발걸음에는
진실의 언어가 담겨야만
내장된 빛이 나온다는 것을

삶이란
지나간 뒤 알게 된다는
예감의 곡선임을

4부

시간의 여백에서

12월을 보내며

잠시 묵상을 한다
덩그러니 남은 달력 한 장
쓸쓸히 마주하며

유독 매서운 코로나 19년 해
넘어져 다쳐 눈물이 나도
그 속에서 희망을 껴안고
숨 가쁘게 달려온 길

12월이라는
종착역에 다다르니
미처 끝내지 못한 숙제
다하지 못한 마음처럼
또다시 갈급함
아쉬움이 남는다

이젠 지난 시간이
발목을 잡아도
겸허한 마음으로
마지막 달을 보내야 한다

해가 갈수록

나이 위에 나이가 더해질수록

버려야 할 것들

놓아야 할 것들에 대해

초연해지는 마음

왜일까

새해 새 아침은

또다시 받는 날
새해 새날

보라 힘차게 올라
바다 위로 솟아오르는
저 눈부신 찬란한 태양을

새해 새 아침은
어둠의 긴 적막을
물리치고 돌아오는
승전사의 발걸음

이제 너와 나
정결한 마음으로
슬픔을 딛고 일어서는
소망의 바램으로
공손히 새날을 맞자

2월

베란다 귀퉁이
햇살 몰래 내려와
동백을 피운다

새 움 돋듯 내 마음에도
개울물 소리
새들이 지저귀는 소리
바람의 갈피를 타고
들어와 앉는다

기나긴 은둔의 겨울
그 침묵 속 묵언의 거리두기
이제는 끝이다

햇살 속 생명의 무리가
저만치 달려오고 있다
어서어서 마중 나가자

2020년의 겨울 풍경

저녁에 내리는
따수운 겨울 거리 그립다

코로나19 창궐로
느닷없는 추위에
몸을 웅숭그린 채
귀갓길을 재촉하는 사람들
묵묵히 팔짱을 끼고
무작정 걷는 연인들

켜켜이 쌓여가는 마른 잎
벌거숭이 되어
망부석처럼 서 있는 나무들

기나긴 겨울
점점 깊어만 가는데
사회적 거리 두기
일상적인 차 한 잔조차
나눌 수 없는
냉하고 별난 세상

처음 만난 낯선 풍경의
시린 겨울 시작이다

가을 연서

11월의 가을날
날마다 소멸하는
나뭇잎들

빛바랜 단풍
찬바람에
내 발밑에서 서걱대는
늙은 잎새들

쓸쓸함 때문일까
문득 떠오르는
그리운 얼굴 하나둘

쓰다 만 편지 한 장
세상의 결 따라
갈바람에 실려 보낸다

가을 빗소리

째깍째깍
시계의 초침 소리
선잠을 깨운다

들어 올리지 못하는
가을 빗소리

이런 날은
사소한 비바람에도
마음이 울적하다

이 비 그치고 나면
찬 서리 내리고
수많은 사연
문장이 되지 못한 말들
세월의 위에 얹히는 죄와 벌

지상에서 머문
깊게 새긴
생의 낙관 하나

11월은 그렇게

나뭇잎이
서서히 이별을 준비하는
공원의 둘레길

바람에 쓸려 낙엽이
비처럼 내린다

나무 의자에 홀로 앉아
물드는 단풍
무심히 바라보는
백발 성성한 어느 노인

푸른 날의 기억들
망각 속에 묻은 걸까

세월은 오늘처럼
지나가 버리는구나
넋두리처럼 혼잣말을 한다

단풍나무들조차
회색의 계절 속 쓸쓸히 서 있다

11월은 그렇게 가고
세월의 길목에서
초겨울 찬바람만이
옷깃을 여민다

시간의 여백에서

고층 건물의 뒤쪽
오일장이 열리는 날

삶의 지친 숱한 사람들이
새 떼처럼 모여들어
구름처럼 떠다닌다
상인들은 집 나온 물건
양손에 쥐고
목청껏 소리 지른다

이곳은 늘 삶의 애환이 들끓고
목쉰 흥정을 하고
때로는 말다툼하면서
하루의 노동을
팔기도 사기도 하며
목숨줄 이어간다

좌판에 펼쳐놓은
싱싱한 햇과일 야채
비릿한 생선이
고단한 삶에
향기로 다가와 정겹다

파장

비좁은 골목골목
사람들 틈새
비집고 다니다
빛바랜 천막 속
빠끔히 열고 들여다보면
각양각색의 물건들이
다소곳이 앉아
애매한 시간만 쏟아내느라
기다림에 지쳐있다

끄트머리 한쪽
온몸을 오그려
앉은 할머니
얼마 안 되는 몇 푼에도
값을 깎아주거나
덤으로 한 움큼 얹어주는 인정

이곳저곳 누비다

허기진 배

먹음직한 음식들로

저녁 채우고

빈 장바구니 가득 차면

시공간을 뛰어넘었던

마법은 풀려나

다시 세찬

도심의 세계로 빠져나온다

순수(純粹)

해맑은 아이들 얼굴
청량한 아이들 웃음소리
청초한 아이들 몸짓에서

순수를 보았노라
청명한 여름 어느 날

너는 내게

너는 내게
무시로 일렁이는
그리움의 포말

너는 내게
닿을 듯 말 듯
닿지 못하는
미명의 먼 바다
그리고
불멸의 사랑

남한강 북벽에서

새벽녘 장맛비
요란스럽게 남한강
머리를 때린다

잠시 쉬어가는 빗줄기
앞산 능선 위
학처럼 펼쳐놓은
안개 무

나
잠시
여기에
삶의 닻 내리고
머무르고 싶은 풍경

선객이 되어
한량이 되어
시 한 수 읊으면서
쉬다가 가고 싶다

유월 그리고 그리움

진초록 잎 머리
사이사이로
초록 비 세차게
쏟아져 내리는
유월이면

쟁여놓은 오랜
그리움 하나
푸른 사랑 그대로
파랗게 파랗게
여울지다
천천히 멀어져 간다

바람을 맞다

시계탑 앞 광장
기다려도 오지 않는 사람

무심하게 흐르는
시간의 지침만 응시한 채
기다림은 어느새
불신의 키만 높인다

추위 탓인지
나무들 가지마다
원색의 빛 잃어버리고
키만 여위었다

무작정 누군가를
기다린다는 것은
빈 바람 같은 결여된 사랑
헛헛한 그리움이다

날 어둑해
돌아서는 발걸음만
막막한 늦은 저녁
바람맞은 어느 날

삶이 고통뿐일지라도

삶이 고통뿐일지라도
결코 멈출 수 없는
생의 진행형

어떠한 고통과 슬픔
어디엔가
탈출구는 있기 마련이다

삶이 막연할 때
진실로 마주 서는 용기
가슴에 키우면서

어둠 속에서도
길잡이 등대가 있듯
절망 속에서도
손 내밀어 이끌어주는
희망이 자라고 있기 때문

아름다움을 통해
자신의 존재 의미를 재현하기

-이금자 시집『몸으로 계절을 쓰다』

이오장(시인)

언어예술인 시가 '사람과 자연을 이해하고 심미적 이해를 표현하는 행위다'는 말은 인간의 근원적 특성인 이해를 담고 있음을 뜻한다. 그러므로 시에 의한 아름다움과 의미의 재현은 작품마다 고유하게 이뤄진다. 이러한 특성은 아름다움과 의미의 고유함에 있어 각기 다르게 표현하게 된다. 같은 아름다움도 언어예술은 다르게 표현하는 것이다. 그런 까닭에 시는 차이를 생성하며 차이가 없는 작품은 언어예술로서의 자리를 차지하지 못한다. 이러한 차이는 아름다움에 대한 보편적 감수성에서 생겨난다. 즉 예술이 생성하는 차이는 시인이 지닌 보편적 존재성에서 비롯된다는 뜻이다.

시인이 사용하는 언어는 동일성을 갖춰 소통이 가능하

고 이해하는 과정을 거쳐 독자와 뜻을 함께한다. 언어예술을 자처하는 시가 동일성에 치우친다면 예술이라기에 모자라지만 이것은 질의 높낮이를 말하는 게 아니라 언어의 생성 과정을 이해하지 못한 탓이라 할 것이다. 시의 언어는 같으면서 다르고 다르므로 같은 존재라고 할 수 있다. 나만의 고유함과 특별함으로 언어예술 안에서 온전히 그 모습을 드러내는데 여기서 이금자 시인은 언어예술의 존재론적 동일성 안에서 차이를 좁혀 간다. 그리고 이념적 수단이 아닌 참된 존재로 나아가 개별적 실존을 드러내는 작품으로 승화하여 이념의 독단과 획일성을 넘어 고유함을 드러낸다.

  언어예술인 시는 동일한 아름다움 안에서 재현의 차이로 드러나는 탁월함이며 존재의 고유함을 보게 하는 특별함이다. 따라서 시를 미학적 존재로 규정하는 것은 아름다움을 느끼고 표현하기 때문이 아니라 아름다움을 통해 자신의 존재 의미를 재현하기 때문이다. 그래서 이금자 시집 『몸으로 계절을 쓰다』 작품에서 시인은 아름다움을 통해 의미를 체험하고 자신이 결단한 의미를 실현해 나간다. 이는 이해하고 해석하는 인간의 의미적 특성과 그 안에 담긴 진실성이 아름다움을 통해 재현되는 과정임을 뜻한다.

1. 인간상을 중심으로 흐름을 구분 짓는 재현

   시인의 특성은 현재를 성찰하는 것에서 시작된다. 그 성찰은 자신의 존재와 그에 대한 이해에 근거하여 자연과 세계, 타자와 역사를 되돌아보고 현재의 체험을 통한 깨달음의 과정을 말한다. 이러한 자기 이해에서 변화되고 실현되어 자신만의 세계를 구축하는 힘으로 작용하여 그것에서 얻은 영감을 표현한다. 이것은 성찰적 특성이 없이는 구사하지 못하는 시인의 능력이다. 자기 얼굴을 거울에 비춰보듯 깊이 있는 삶의 천착에서 얻은 성찰은 자기 이해에서 형성되어 독자와 만나는 것이다. 특별한 자기 이해는 모든 시적 형상의 뒤에 자리 잡아 끝없이 해석의 연속성을 지녔다. 인간과 자연을 이해하고 표상하는 틀을 결정하여 시대정신에 드러난 사회와 문화체계를 형성하는 근거가 된다. 현재를 사는 인간상을 중심으로 시대의 흐름을 구분 짓고 자연의 아름다움과 그 시대의 정신을 재현한다.

   단 한 번뿐인 생애
   그대 향한 갈망
   그대 향한 동경

   바라보면 볼수록
   정갈하고 거룩한 그대는

너무나 높고 눈이 부시어
하릴없이 목을 떨구고

애타는 사랑에
목마른 그리움만
알알이 안으로
삭이고 삭이다가
까맣게 가슴이 타버린
사랑의 열병

그대가 아니면
누구도
결코 치유할 수 없는
해바라기 사랑

-「해바라기」 전문

　삶은 한 번에 그친다. 만약 두 번을 사는 삶이고 영원히 산다면 인간은 진즉 멸망했을 것이다. 조물주가 만물을 만들고 그 수명을 정하지 않았다면 사람에게 구원의 대상이 아니었으며 조물주라는 자체도 없었을지 모른다. 그 한 번뿐인 삶에서 가장 중요한 것이 무엇일까. 재산, 후손, 명예 등 인간이 생각할 수 있는 모든 것은 중요하다. 그러나 제일 크고 넓으며 영원한 것은 사랑이다. 사랑을 빼놓고 인간을 논할 수가 없다.

　사랑은 이성뿐이 아니라 부모와 자식, 이웃과 나라, 민족과 동지 등 가깝거나 범위가 큰 대상을 전부 포함하지만 제일 우선하는 건 이성 간의 사랑이다. 이성으로 인하여 인간은 번식하고 생을 유지하며 영원하다. 그 사랑은 마음의 변화, 즉 뇌의 작용과 몸의 활력으로 생성과 소멸이 거듭되는데 먼저 마음의 이동이 시작하여 몸이 움직인다. 한 종류 같지만 사람마다 다르고 사랑을 품는 그릇과 방식도 각각이다. 그중 가장 상징적인 사랑이 해바라기다.

　이금자 시인은 그런 해바라기를 품어 사랑을 그리고 영원하기를 바란다. 이것은 만인의 공통이지만 시인만의 특징은 사랑의 열병에 있다. 누구나 겪는 것이지만 특별한 사랑이다. 한 번뿐인 생에 갈망과 동경으로 시작되어 바라볼수록 눈이 부시고 애가 타는 열병, 그리움을 펼치는 힘은 사랑에서 오지만 그리움이 병이 되어 까맣게 타버리는 듯이 안타까움을 도저히 이길 수가 없다. 해바라기는 오직 해를 바라보면 사는 작물이지만 사람의 상징이 된 이유는 변하지 않는다. 그것을 다루는 시인은 그대가 아니면 누구도 치유하지 못한다는 절망적인 사랑에 심취하여 해바라기야말로 사랑의 대명사라는 것을 확인한다.

　서로의 공간이면서
　누구의 차지도 아닌 숲

나 한 칸 물 한 칸
푸른 산이 점점 짙어가고 있다

천천히 걷다 보면
고요함 속의 울림
억새가 들려주는 바람소리
누구도 범접 못 할 나만의 세계

계절마다
다른 풍광
다른 몸짓
다른 빛깔
다른 언어

나 잠시 여기서
모든 것 내려놓고
자연이 내어주는 향기에 취해본다
해가 꺾이고 있는 오후에

-「몸으로 계절을 쓴다」 전문

　　무위자연, 사람의 손길이 전혀 닿지 않은 말 그대로의
원시는 사람이 가장 소원하는 이상향이다. 내가 없으면
자연도 없고 자연이 없으면 내가 존재하지 않는 그런 세계, 역사는 그것을 바라고 흘러왔지만 아직 이루지 못한 불가능의 세계다. 오로지 꿈으로만 이뤄지는 이상향은 시인이 바라는 최고의 경지다. 표제 시로 올린 이유도 여기에 있다. 노자사상의 핵심으로 자연 그대로 산다는 것이 진정한 삶이고 자연의 세계다. 일찍부터 철학자들이 내세웠으나 인간의 역사 이래 아무도 닿지 못한 그런 세계, 삶은 여러 무리가 따른다. 이루지 못할 것을 알면서도 멀리 보기 위하여 까치발을 들지만 그 상태를 유지하지 못하여 그치고 만다.

자기를 내세우는 사람은 밝게 나타나지 못하고 자기가 옳다고 생각하는 사람은 빛날 수가 없으며, 자랑하는 사람은 공적이 없어지며, 과시하는 사람은 오래 가지 못한다는 노자의 사상은 인간은 오직 자연과 함께하며 자연으로 살아갈 때 진정한 인간이라는 뜻이다. 그러나 실천하는 사람은 없다. 그것을 실현하려는 꿈을 가진 시인은 진정한 인간상을 세우려고 시를 썼으며 표제 시로 내세웠다. 누구의 차지가 아닌 숲, 나와 숲이 하나가 되어 산은 더욱 푸르러지고 아무도 접근하지 못하는 자연이 된다. 계절마다 풍경이 달라 움직임이 다르고 빛깔이 다르며 그것으로 인한 언어조차 다르다면 그게 진정한 자연이다. 시인은 그곳에 모든 것을 내려놓고 자연이 주는 향기에 취하고 진실한 삶이 무엇인지를 몸으로 습득한다. 봄여름 가을 겨울의 모든 것을 몸으로 받아들여 자연이 무엇인지 사람은 무엇인지를 다시 일깨우는 선도자의 길을 걷는다. 어디에나 자신이 제일 잘났다고 나서고 자신

의 주장만을 앞세우는 사람들에게 인간의 본질이 무엇인
지를 일깨우는 것이다.

　고요로 둘러친 요양원
　적막이 물 흐르듯 흐른다

　지나는 시간 위에서
　의미조차 모른 체
　허공의 떠다니는 말, 말들
　덧없는 삶 속에서
　주어진 인간의 잉여

　오래전 잊힌 목숨같이
　살아 있어도 없는 것 같은
　허망한 생의 끝자락
　진홍의 저녁노을처럼
　바람이 알지 못하는 끝 길
　삶 유한의 그 길 위에서
　처절하게 살아질 뿐

　-「마지막 생」 전문

사람에게 마지막이 있을까. 누구나 갖는 의문이다. 있

을 것 같아도 없는 게 마지막이다. 끝을 맺는다는 의미는 한 생을 보내고 다음 생으로 가는 것이지만 마지막은 아니다. '산다는 건 죽으로 가는 유일한 통로다'는 말이 통용되는 것을 보면 죽음과 삶은 같은 의미일 뿐이다. 영생은 아니다. 그러나 종말도 아닌 것이 삶이다. 식물과 동물 모두 같은 유전자를 물려주며 생을 마감한다. 한 시절을 보낸 뒤에는 반드시 후손에게 자리를 물려주고 있던 곳으로 간다. 그러니 마지막이 아닌 물려줌이다. 그렇지만 가장 슬픈 순간이다. 기쁨이 앞서야 하는데 그렇지 못하고 자기 죽음만을 생각하고 슬퍼한다. 그게 보편적이다. 요양원은 그런 부류의 사람들이 모여 삶을 돌아보는 기관이다.

고뇌의 삶이나 영광의 삶을 살았다 해도 생이 다하여 힘을 쓰지 못하면 누구나 찾아가 마지막을 맞는다. 겉보기에는 그렇게 처량하고 슬픈 곳이 없다. 대부분 그렇게 생각하여 어떻게 하면 가지 않을까를 고민한다. 시인도 마찬가지다. 그러나 슬픔이나 고통을 표하지 않고 잉여의 시간이라고 한다. 시간은 오면서 흐른다. 우리는 그것을 가는 것으로만 느낀다. 이게 문제다. 가면서 온다는 것은 멈추지 않는다는 것이고 그 흐름에 따라 삶의 기간이 소멸하는 것이라고 느낀다면 슬플 것이 없다. 영광의 삶을 살았다고 생각하면 그만이다. 하지만 그런 사람은 없다. 요양원에 들어와 생의 끄트머리를 보지만 그 시간은 잉여의 시간이다. 즐기면 되고 아무 생각 없이 보내면 된다. 살아 있어도 없는 것 같은 저녁노을처럼 지지만 바람이 알지 못하는 끝 길같이 유한의 삶을 살다 가면 그게 영광이다. 시인은 요양원의 일상을 보고 자연과 인간의 연결고리가 무엇인지를 은연중 나타내는 은유적인 시를 썼다.

2. 자연에 접근하고 인간의 심리에
   깊이 새겨질 문장을 구사하기

시간은 과거와 미래가 혼합된 것이 아니라 현재를 말한다. 그러나 시인의 시적 형상에서의 시간은 과거와 현재가 혼합되어 또 다른 시대정신을 만들어 낸다. 실제와 세계 자연과 역사에 대한 이해와 변화를 아울러 그에 상응하는 새로운 시간을 만든다. 이 시인은 시대에 요구되는 인간의 자기 이해를 어떻게 변화시킬 것인지를 올바르게 표현하려는 의도를 짙게 가졌다. 이것이 시인의 고유한 시인상이며 자기 이해의 거울이다. 늘 불안하고 초조한 존재인 인간은 근본적인 모순에 의하여 불안과 허무를 가지는데 이것을 해소하려는 의도로 자연에 접근하고 인간의 심리에 깊이 새겨질 문장을 구사한다. 전부가 불안과 허무에 점철되어 있어도 그것을 해소하는 목적으로 시를 쓰는 것이 시인인데 그것은 감동의 공유에서 온다는 것을 파악하고 시를 쓴다. 그리고 모든 것에 끊임없이 의미를 부여하고 무엇인가를 제시하여 인간의 한계를 넘기 위한 몸부림을 삶의 성찰로 표현하는 문장력을 가졌다. 시인은 제한된 초월적 존재라는 것을 다시 상기시키는 작업을 하는 것이다.

깜깜한 새벽
시작과 끝이 어렴풋해
버리고 싶은 것들
가시로 박혀
끝내 꺼내보지도 못하는
깊은 가슴앓이

세월의 지우개로
지우고 나면
말끔해지길 바랐지만
박제가 되어
결코 사라지지 않는
천형의 멍울

차라리
아픈 사연 하나쯤
고래 울음처럼 품고 산다

-「아픈 사연 하나쯤」 전문

아픔은 보이는 상처와 보이지 않는 상처에서 느낀다. 드러난 상처는 치료를 하면 멈추는데 보이지 않는 상처가 문제다. 겉의 흉터는 잊을 수 있으나 내면의 아픔은 어떤 치료법이 없이 지속된다. 사람의 아픔은 이것으로 인하여 죽음도 불사하는 극한의 상황으로 몰리기도 한다. 그것을 피할 방법은 없다. 눈으로 보고 몸으로 느끼지 않아도 찾아오며 마음에 자리 잡아 삶을 옭맨다. 피하지 못하니 치유하는 방법도 없어 사람이라면 누구나 겪는 아픔이다. 그 아픔은 어디에서 오는가. 만남과 헤어짐 또는 이웃과의 갈등이나 친족의 다툼에서 온다. 그렇기 때문에 치유가 되지 않고 가슴앓이로 남아 괴롭힌다. 시인은 그것을 아픔이라 해놓고 누구나 가진 아픔이므로 아픔으로 느끼지 않고 천형의 고난이라고 말한다. 시작과 끝이 어렴풋하여 버리고 싶은 것들이 가시로 박혀드는 것을 아픔이라고 말하기 싫은 것이다.

　세월이 흘러가도 잊을 수 없고 생명이 끝나는 날까지 간직해야 할 아픔인데 왜 그것에 얽매여 사는가. 어차피 닥쳐온 아픔, 잊을 수 없어 간직해도 박제로 만들어 버리고 천형이라고 한다면 아픔이 덜하다는 것을 체험하고 그것을 아름다움으로 포장한다. 세상의 모든 사람은 같다. 밖으로 보기에는 행복한 것 같아도 속으로는 같은 아픔을 지니고 산다. 다만 그것을 말하지 않고 잊을 뿐이다. 시인은 차라리 아픈 사연 하나쯤 있는 삶이 울음을 참는 수단이라고 생각한다. 어차피 피하지 못할 아픔이라면 즐기면 되는 것이며 즐겁지 않아도 그런 척이라도

해야 삶이 유지된다는 사실을 깨달은 것이다. 이것이 시인이 갖는 초월적인 힘이며 삶을 바로 세우는 선도적 역할이다.

말랑한 순한 귀
어디에 숨었을까

아직도 혈기가
왕성한 탓일까

그게 아니면
졸렬한 마음 탓일까

매사에 승냥이 같은
이빨을 지녀
날 선 말귀만 들린다

언제쯤이면
망치질 없이
이순을 맞을 수 있을까

-「이순의 나이가 되어」 전문

공자는 열다섯에 학문에 뜻을 둬 공부에 매진하여 이를 지학이라 했으며 30세에 이립, 40에 불혹, 50세에 지천명, 육십 세에 이순, 칠십 세에 종심이라고 하며 나이별로 뜻을 달리하는 표현을 썼다. 이중 귀가 순해진다는 이순은 환갑이 됐다는 뜻으로 그때부터는 순하고 좋은 말을 가려들을 줄 안다는 뜻이다. 세상 만물이 지닌 본성이나 세상의 이치 등을 모두 이해할 수 있는 나이라고 은유적으로 표현한 말이다. 이것은 그만큼의 세상을 살아오며 인간의 본성을 이해하고 선악을 확실하게 구분 지을 수 있다는 뜻으로 비로소 하늘의 이치를 깨닫는 나이라는 말이다. 그 당시에는 평균수명이 45세 정도여서 이순까지 사는 사람은 극히 적은 숫자였다. 환갑을 넘긴다는 것은 장수의 복을 받았다는 의미로 그만큼 살면 크게 잔치를 열어 축하했다. 공자는 당시에는 최장수를 누려 72세까지 생존했는데 그 많은 세월을 사회에 헌신하며 살았으므로 많은 제자를 길렀고 오늘의 유교 사상을 정립하였다.

시인은 공자가 말한 이순의 나이에 들어서 순한 귀를 열고 세상을 바라본다. 그러나 어떤 말이 순하고 어떤 것이 정의인지를 판단하기가 모호하다. 아직도 혈기가 왕성하여 세상 이치를 정확히 파악할 수가 없다고 고백한다. 매사에 적극적인 행동으로 승냥이 같아 날이 선 말귀만 들리는 귀, 무엇을 씻어낼까. 아니면 귀를 닫을까. 묻고 물으며 환갑을 넘긴 나이를 확인한다. 그러나 정상이다. 모두가 그렇게 산다. 공자 시절에는 수명이 짧아 그런 말이 나왔지만 지금은 평균수명이 80을 넘는다. 그만큼의

시간을 더 살고 늘어난 시간만큼 철학적인 사유도 많아
져야 한다. 귀를 순하게 하더라도 세상은 험악하여 날카
로운 말만 돌고 돌지 않는가. 시인은 사회의 부조리와 비
도덕적인 것을 은유적으로 꼬집으며 이순을 핑계로 험악
한 말이 오가는 것을 경계하는 뜻을 품었다.

　말하지 마라
　절대적 삶이라고

　저기 저 보이지 않는
　먹이 그물

　수직으로
　겹겹이 쳐 놓고 기다리는
　한 삶의 참선
　무당거미를 보라

　누구도
　삶이 순탄하다
　말하지 마라

　때론 죽은 듯이 위장하고
　긴 침묵으로
　기다려야 하는

슬픔의 두께
여름밤이 짙어가는 시간

무당거미 한 마리
헛간에 줄 치듯
오늘도 세상
허름한 곳 찾아
거미줄 치는 아버지

-「무당거미」 전문

'삶은 힘들다'는 말이 여기저기 들려온다. 돈이 없어, 남
보다 뒤처져 힘들고 키가 작아서, 너무 빈약해서 힘들다.
모든 것이 남하고 비교해서 일어나는 일이다. 혼자 살아
갈 수 있다면 이 세상에 오직 혼자뿐이라면 그렇지 않을
까. 그것도 마찬가지다. 혼자라면 자연을 이기지 못하여
힘들고 외로워서 못산다. 그게 사람의 삶이다.
　거미는 색이 검다. 일반적인 검은색으로 위장하여 거미
줄을 쳐 놓고 숨어 있다가 먹이가 걸리면 나타나 실을
뽑아 묶는다. 이에 비해 무당거미는 화려하다. 노랑과 검
정으로 혹은 푸른빛을 가진 화려한 모습이다. 숨지도 않
는다. 거미줄을 튼튼하게 쳐 놓고 당당하게 버티고 기다
린다. 다른 거미가 거미줄로 묶어 사냥한다면 무당거미는
재빠르게 다가가서 독을 주입하는 방법을 쓰기 때문에

당당한 폭군처럼 활동한다. 시인은 그런 무당거미를 아버지와 비교하여 작품으로 승화시켰다. 아버지는 절대적인 삶은 없다고 한다. 삶은 순탄하지 않으며 곳곳에 위험이 도사린 싸움터다. 먹이 그물이 어디에 있는지를 모르고 도처에 깔린 함정은 보이지 않는 세상, 그런 세상에 자식을 내보내는 아버지는 위장하고 침묵하며 기다리라고 가르친다.

슬픔의 두께는 오직 자신이 만드는 것이며 그것을 깨트리는 것도 자신이다. 용기를 잃는다면 아무것도 할 수가 없다. 한 마리의 무당거미가 처마 밑에 줄을 치고 사냥에 나서듯 침착하고 인내하며 때를 기다리라는 가르침은 자식에게 좌우명이 되어 험한 세상을 살아가게 하는 힘이었다. 그것이 아버지의 거미줄이고 삶이다. 가르침을 잊지 않고 따르는 자식은 허름한 곳에서도 그 뜻을 잊지 않으며 지금도 무당거미의 집을 가지려고 노력한다.

3. 자신을 사랑하고 끊임없이 무엇인가에
   생명을 불어넣는 시 쓰기

이금자 시인은 시와 함께 살아간다. 작품이 없는 시인은 시인으로 존재할 수가 없으므로 시를 쓰는 게 아니라 천성적으로 가진 재능으로 시를 쓴다. 욕망에 갇혀 진정한 자아를 보지 못하는 일반인과는 다르게 자기 모습을 그린다. 시는 결국 삶의 다른 모습이며, 외면하고 싶은 시인의 다른 모습이다. 그러나 가장 큰 본성은 자신을 사랑하고 끊임없이 무엇인가에 생명을 불어넣는 천성이다. 시의 한계를 뛰어넘어 죽음보다 강하고 사랑을 갈망하며 시의 본성을 찾아간다.

여기에는 시인이라는 본질이 무엇인가에 고민이 아니라 자아 속에 또 다른 무엇인가를 찾아내는 과정이 있다. 풀리지 않는 화두를 붙들고 허상에 갇히기도 하지만 끝내는 무엇인가를 찾아낸다. 꿈꾸던 어떤 존재를 나타내기 위하여 허상을 가미한 내면의 상상까지 동원하여 자신만의 그림을 그려나간다. 결국 시인의 걸음은 사랑으로 출발하여 그 길에서 타자를 사랑하는 방법을 터득한다. 사물의 본질에서 실존의 경계를 찾아 자신의 이름을 반듯하게 세운다.

무심코 바라본 얼굴
옅은 주름
하나둘씩 늘더니
어릴 적 반백의 어머니 모습
나도 어느새
반백이 되었다

노을 저무는
억새밭 흔들어대는 바람
어둠 깊어지듯

덧없는 세월
날마다 조금씩 덜어내며
가벼워지기 연습 중
결국 나를 비워가는 것

-「삶은 스스로 비워가는 것」 전문

태어난 것은 우연이다. 하늘의 점지를 받는다는 건 축복의 말로 운명이라는 건 존재하지 않는다. 그러나 태어난 순간부터 온갖 시련을 겪는다. 태어나는 순간에 사망하는 예도 있다. 삶은 주어진 것이 아니고 받는 것도 아니다. 순리에 따라 정해지고 환경에 의해 변한다. 특히 주위 사람들의 영향을 받게 되면 완전하게 변한다. 역사를 상기한다면 우리의 삶은 정말 아무것도 아니다. 자연으로 왔다가 자연으로 돌아가는 것 그게 삶이다. 수명도 정해져 있지만 사고를 당해 단축되는 예도 많다. 이런 삶에서 스스로 일어나 자신의 위치를 확고히 한다는 건 정말 어렵다. 그것을 이기고 성공했다고 해도 정해진 수명 앞에서는 아무도 이겨내지 못한다. 삶은 스스로 비워가는 것이라고 시인은 정의한다. 사는 과정에 얻어진 모든 것을 비우는 게 아니라 태어나며 받은 것을 비워가는 것이다. 살면서 쌓인 것은 제 것이 아니다. 모두가 남이 줬든가 빼앗은 것이며 자신의 것은 몸뿐이다. 그런 모든 것을 비워내려면 무엇이 필요할까. 철학도 아니고 배움도 아니다. 오직 자신의 의지로 자연과 하나가 되는 것이다. 그러나 그런 사람은 아직도 나타나지 않았다. 부처 예수 소크라테스 마호메트 등 성인들도 마지막 죽음 앞에서 깨우쳤다. 결국 아무것도 없다는 것을 알게 된 것이다. 시인은 억새밭 바람 앞에서 덧없는 세월을 바라보고 날마다 조금씩 덜어지는 시간을 셈하며 가벼워지는 게 참 나를 찾는 것이라는 걸 깨우쳤다.

고층 건물의 뒤쪽
오일장이 열리는 날

삶의 지친 숱한 사람들이
새 떼처럼 모여들어
구름처럼 떠다닌다
상인들은 집 나온 물건
양손에 쥐고
목청껏 소리 지른다

이곳은 늘 삶의 애환이 들끓고
목쉰 흥정을 하고
때로는 말다툼하면서
하루의 노동을
팔기도 사기도 하며
목숨줄 이어간다

좌판에 펼쳐놓은
싱싱한 햇과일 야채
비릿한 생선이
고단한 삶에
향기로 다가와 정겹다

-「시간의 여백에서」 전문

우리의 사회는 공평한가. 하는 문제는 가장 큰 화두다. 임금님도 가난을 구하지 못한다는 말이 그냥 생긴 게 아니듯 삶은 평등하지 않다. 역설적으로 평등하지 않으므로 평등을 외친다. 평등하다면 왜 평등을 찾겠는가. 사람은 전부가 가난하다. 그 가난을 이기고 부자가 되는 건 끝없는 노력과 의지력이 있어야 가능하지만 결코 쉬운 일이 아니다. 남의 것을 빼앗아 시침 뚝 떼고 모른 체하거나 힘으로 밀어붙여 앞서려는 욕망에 사로잡히는 사람일수록 가난을 외면하며 소외계층을 나 몰라라 한다. 나라에서도 나서기는 하지만 전부를 구제할 수는 없다. 사회 스스로가 방법을 찾아야 하고 적재적소에 맞는 계획을 세워야 한다.

시인은 작품으로 말한다. 고층 건물 뒤 오일장이 열리면 삶에 지친 사람들이 작은 보따리를 들고 찾아든다. 부자에게는 한 끼 식사비도 되지 않는 돈을 벌려고 아귀다

틈을 벌인다. 삶의 애환이 한눈에 보이는 장소에서 시인은 사람의 목숨 줄이 무엇인지를 알게 되고 어떻게 해야 그것을 타파할 것인지를 생각한다. 결론은 하나다. 부자와 가난한 자가 하나로 어울려 한 마음을 가지는 것이다. 싱싱한 햇과일 몇 개와 채소 한 소쿠리가 가진 힘을 읽은 것이다. 시장의 본질에서 삶의 본질을 찾아낸 시인의 눈이 밝다.

시계탑 앞 광장
기다려도 오지 않는 사람

무심하게 흐르는
시간의 지침만 응시한 채
기다림은 어느새
불신의 키만 높인다

추위 탓인지
나무들 가지마다
원색의 빛 잃어버리고
키만 여위었다

무작정 누군가를
기다린다는 것은
빈 바람 같아

결여된 사랑
헛헛한 그리움이다

날 어둑해
돌아서는 발걸음만
막막한 늦은 저녁
바람맞은 어느 날

-「바람을 맞다」 전문

　약속은 나와 너의 관계에서 가장 중요한 요소다. 사람의 삶은 언어의 약속으로부터 시작되어 현재에 이르고 있는데 삶의 기본인 약속을 어긴다는 건 삶을 포기하는 것과 다르지 않다. 시는 언어 이전에 이미 발생하였고 사물의 발견은 기호로 통용되다가 사물에 이름을 붙이고 그렇게 부르자고 한 약속이 언어가 된 것은 주지적인 사실이다. 그걸 본다면 약속은 사회의 가장 중요한 요소가 분명하고 그것을 어긴다는 건 있을 수가 없다. 그러나 우리는 일상에서 약속을 잊는 경우가 많다. 불신은 약속이 깨지는 순간부터 싹이 트고 그것으로 인한 부작용은 헤아릴 수 없다. 시인은 그런 약속을 어기는 사람에게 큰 경종을 울린다.
　기다려도 오지 않는 사람을 기다리는 건 고역이다. 온갖 생각이 떠올라 비관하게 하며 불신으로 인한 원망이 쌓인다. 시간의 초침을 응시하는 눈에 비치는 건 원망뿐이며 증오심을 갖게 한다. 그때는 주위의 모든 것이 거꾸로 보이고 약속을 어긴 자에 대한 원망은 하늘을 찌른다. 하지만 빈 바람에 헉헉거리게 되면 사랑의 마음은 깨지고 미움이 차지하여 불안감이 확산한다. 시인은 그것까지 수용하는 아름다움을 지녔다. 그것마저 그리움으로 품어 막막한 저녁을 희망으로 펼친다. 이것은 심성이 곱고를 떠나서 사랑의 믿음이 크기 때문이다. 내가 사랑하는데 한 번의 약속 불이행쯤은 넉넉하게 베푸는 마음, 그게 만인을 사랑하게 하는 믿음이고 아름다움이다. 결국 이시인은 미움을 버리고 사랑을 택했으며 그 힘이 오늘날의 시인을 만들었다.

4. 자연에 있는 아름다움을 공유하는 힘은
　　인간에게 있음을 확인하는 길

　언어예술의 존재론적 동일성 안에서 차이를 좁혀 가는 과정을 살펴보면, 이금자 시인은 '보편성을 벗어난 예술은 예술일 수 없다'는 것을 시를 쓰는 과정을 통해서 보여준다. 순수한 감성을 지닌 인간다운 면모도 보인다. 그와 함께 인간과 자연은 다름이 없는 하나의 동심체로서 가장 큰 아름다움은 자연에 있으며 그것을 공유하는 힘은 인간에게 있다는 것을 확인해 준다. 아름다움을 통해 자신의 존재를 재현한다는 것은 인간성을 중심으로 재현하기다. 자연을 중심으로 흐름을 구분하고 인간의 심리에 깊이 새겨질 문장을 찾아간다. 또한 자신을 사랑하고 끊임없이 무엇인가에 생명을 불어넣는 천성적인 시 쓰기를 시도하며, 아름다움을 통해 느끼는 인간의 의미와 관계된 여성성으로 작품의 높이를 책정하고 인간이 지닌 근원적 특성에서 이해되는 예술성을 찾아내기도 한다. 이번 작품집으로 볼 때 시인의 탐구심은 사유의 폭을 높이고 내면에 웅크린 자아를 찾아 계속 정진하고 있음을 보여주고 있다. 앞으로 미학적 존재로 이해하는 언어를 높은 예술성의 가치를 향하여 시 쓰기의 자세를 곧추세우고 아름다움을 통해 자신의 존재 의미를 재현할 것으로 보인다. 시집 상재를 축하하며 문운을 기원한다.

몸으로 계절을 쓰다

이금자 지음

발행처　　도서출판 **청어**
발행인　　이영철
영업　　　이동호
홍보　　　천성래
기획　　　육재섭
편집　　　이설빈
디자인　　이수빈 | 김영은
제작이사　공병한
인쇄　　　두리터

등록　　　1999년 5월 3일
　　　　　(제321-3210000251001999000063호)

1판 1쇄 발행　2024년 7월 10일

주소　　　서울특별시 서초구 남부순환로 364길 8-15 동일빌딩 2층
대표전화　02-586-0477
팩시밀리　0303-0942-0478
홈페이지　www.chungeobook.com
E-mail　　ppi20@hanmail.net

ISBN　　　979-11-6855-260-9(03810)